NOTA A LOS PADRES

Aprender a leer es uno de los logros más importantes de la primera infancia. Los libros de ¡Hola, lector! están diseñados para ayudar al niño a convertirse en un diestro lector y a gozar de la lectura. Cuando aprende a leer, el niño lo hace recordando las palabras más frecuentes como "la", "los" y "es"; reconociendo el sonido de las sílabas para descifrar nuevas palabras; e interpretando los dibujos y las pautas del texto. Estos libros ofrecen al mismo tiempo historias entretenidas y la estructura que necesita para leer solo y de corrido. He aquí algunas sugerencias para ayudar a su niño antes, durante y después de leer.

Antes

* Mire los dibujos de la tapa y haga que su niño anticipe de qué se trata la historia.
* Léale la historia.
* Aliéntelo para que participe con frases y palabras familiares.
* Lea la primera línea y haga que su niño la lea después de usted.

Durante

* Haga que su niño piense sobre una palabra que no reconoce inmediatamente. Ayúdelo con indicaciones como: "¿Reconoces este sonido?", "¿Ya hemos leído otras palabras como ésta?"
* Aliente a su niño a reproducir los sonidos de las letras para decir nuevas palabras.
* Cuando necesite ayuda, pronuncie usted la palabra para que no tenga que luchar mucho y que la experiencia de la lectura sea positiva.
* Aliéntelo a divertirse leyendo con mucha expresión... ¡como un actor!

Después

* Pídale que haga una lista con sus palabras favoritas.
* Aliéntelo a que lea una y otra vez los libros. Pídale que se los lea a sus hermanos, abuelos y hasta a sus animalitos de peluche. La lectura repetida desarrolla la confianza en los pequeños lectores.
* Hablen de las historias. Pregunte y conteste preguntas. Compartan ideas sobre los personajes y las situaciones del libro más divertidas e interesantes.

Espero que usted y su niño aprecien este libro.

Francie Alexander
Especialista en lectura
Scholastic's Learning Ventures

Para Louise, maestra extraordinaria
—L.J.H.

Al piloto Ted; y, con mi
agradecimiento, a los cazadores de
huracanes del Turtle Trail:
Barb, Daniel y Tasha, Henry y Deb.
—J.W.

¡Huracanes!

Originally published in English
as *WILD WEATHER Hurricanes!*
Translated by Rosana Villegas.

ISBN 0-439-41134-3

12 11 10 9 8 7 6 5 4 3 2 1   02 03 04 05 06

Impreso en México / *Printed in Mexico*

Second Scholastic Spanish printing by Scholastic Inc., February 2002

First Scholastic Spanish printing by Scholastic Mexico, March 1999

CLIMA BORRASCOSO

EAS

¡Huracanes!

por Lorraine Jean Hopping
ilustrado por Jody Wheeler
traducido por Rosana Villegas

¡Hola, lector! — Nivel 4

SCHOLASTIC INC.

Cartwheel
·B·O·O·K·S·®

Nueva York   Toronto   Londres   Auckland   Sydney
México   Nueva Delhi   Hong Kong

Capítulo 1

A través del muro

Imagina que eres un piloto
y que vuelas por encima de las nubes.
Lo único que ves es una pared oscura.
Es de noche.
Los truenos retumban.
Relampaguea.
Tu avión se sacude de arriba abajo
y de un lado a otro.
Te sientes como una palomita de maíz
en una olla.

Recibes órdenes
de seguir adelante.
Tienes que llegar
hasta el centro
del huracán.
Luego, debes salir
y entrar otra vez,
¡así siete veces!

Wes Bennett recibió esas órdenes
el 17 de septiembre de 1989.
Ese día, un huracán
llamado Hugo se dirigía
hacia la costa oriental
de los Estados Unidos.
Pero Wes no tenía miedo.
Volar a través de los
huracanes es su trabajo.
Wes es un cazador de huracanes.

Los cazadores de huracanes miden
el tamaño, la temperatura
y la localización de un huracán.
Recogen estos datos desde el interior
del huracán.

Su trabajo no es fácil.
Los huracanes son enormes masas
de viento procedentes del mar,
que giran como un torbellino.

Llevan consigo relámpagos,
lluvia y energía.
¡En un minuto, un huracán
despide tanta energía
como una bomba de hidrógeno!

ojo

En cuanto recibieron las órdenes,
Wes Bennett y su tripulación
volaron hacia Hugo.
Querían llegar hasta el ojo
del huracán, que es su centro.
Para ello, debían atravesar
las bandas alimentadoras, es decir,
los brazos exteriores del huracán.
Estas bandas hacen que el huracán
parezca un gran rehilete.

Cada brazo es una larga franja
de nubes borrascosas.
Estas nubes dejan caer cortinas
de lluvia en las que brillan
los relámpagos y retumban
los truenos. Los vientos son fuertes
y rápidos.
Para penetrar, no hay modo de evitar
estas bandas alimentadoras.

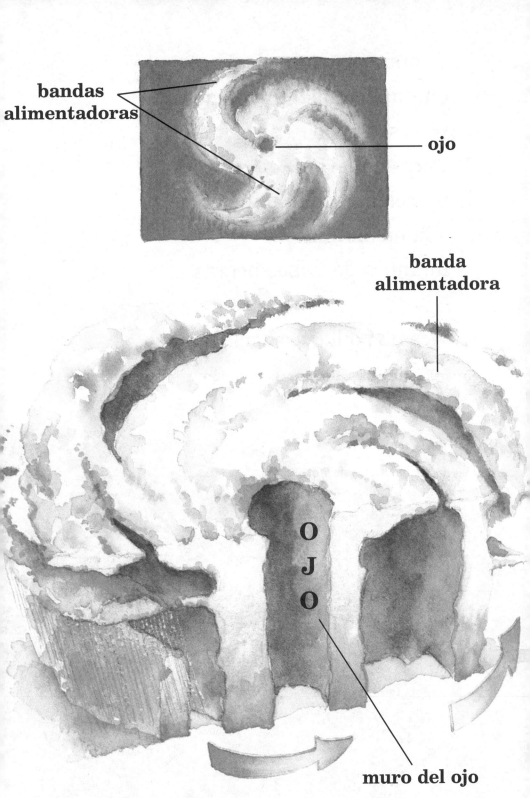

bandas
alimentadoras

ojo

banda
alimentadora

O
J
O

muro del ojo

Cuando el avión entró
en una banda alimentadora,
todo se volvió oscuro.
Cerca del avión,
un relámpago iluminó el cielo
y la luz iluminó
un muro de nubes negras.

Wes no podía ver hacia dónde
se dirigía el avión.

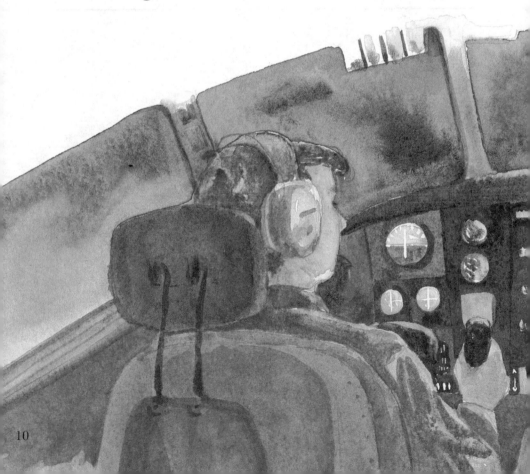

Tuvo que guiarse
por los instrumentos.
Éstos le indicaron que el avión
estaba a 3 300 metros de altura.
El ala izquierda apuntaba en la
dirección del viento del huracán.
La nariz del avión apuntaba hacia
el ojo de Hugo.
¡Hasta ese momento, todo iba bien!

Entonces, el avión chocó
contra el muro del ojo,
la alta barrera de nubes
que lo rodea.
Ahí es donde los vientos
del huracán giran
con mayor velocidad.
¡Pueden llegar a alcanzar más
de 300 kilómetros por hora!

A veces, estos vientos
arrojan el avión fuera
del huracán.

—La velocidad en la que puede girar
un avión es limitada —explicó Wes.
Los vientos rápidos de repente
pueden cambiar de dirección
y arrojarte hacia afuera.

Cuando eso pasa, el avión tiene
que rodear el huracán e intentarlo
de nuevo.

Por suerte, Wes y su gente
lograron meterse
dentro de Hugo.
Pero no sin miedo.

El avión se sacudió
con tanta fuerza,
que los cinturones de seguridad
los lastimaron.
Los instrumentos dejaron
de funcionar durante
unos segundos.
Wes tuvo que luchar
para mantener sus manos
y pies en los controles.

De repente, el traqueteo se detuvo.
Los cazadores de huracanes
atravesaron la gran barrera de nubes
y se encontraron en el tranquilo
y claro ojo de Hugo.

Capítulo 2

En el interior del ojo

Desde el interior del ojo,
Hugo parecía un estadio de fútbol,
hecho de hermosas nubes de plata.

Las nubes formaban las gradas
que subían en hileras desde el océano.
Estaban a más de 7 000 metros
de altura.
El océano hacía de "cancha de fútbol".
El mar estaba tranquilo
y las olas eran pequeñas.

Algunos de estos "estadios"
tienen una cúpula de
nubes sobre el ojo.
Hugo no la tenía.
La tripulación podía ver
claramente las estrellas.
La luna llena iluminaba
el interior del ojo de Hugo.

Pero no todo estaba en calma
dentro del ojo de Hugo.
Wes Bennett estaba mareado
y no sabía en qué
sentido era hacia arriba.

Peor aún, ¡no sabía qué sentido
era hacia abajo!
Los instrumentos le indicaban
una cosa, pero su cuerpo le decía
lo contrario.

—Mi copiloto me miraba para
asegurarse de que no hiciera caso
a mi cuerpo —dijo Wes. —Me
guié por los instrumentos,
aunque no parecían estar bien.

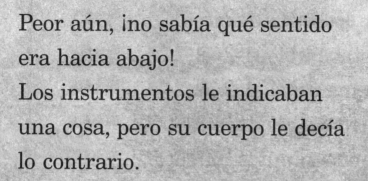

¿Luego Wes se iría a casa?

¡De ninguna manera!

Le habían ordenado que entrara
en Hugo siete veces.

Los datos recogidos irían al Centro
Nacional de Huracanes de Florida,
Estados Unidos.

De esta manera, los científicos
podrían predecir la devastadora
trayectoria de Hugo.

Ese mismo día, Hugo arrasó
la isla de Santa Cruz
en el mar Caribe.
Docenas de isleños murieron.
Miles perdieron sus casas.
Cuatro días después,
el 21 de septiembre de 1989,
Hugo azotó Carolina del Sur,
en Estados Unidos.

Todos los huracanes provocan
oleajes de tormenta.
Un oleaje de tormenta es una
elevación repentina
del nivel de las aguas oceánicas.

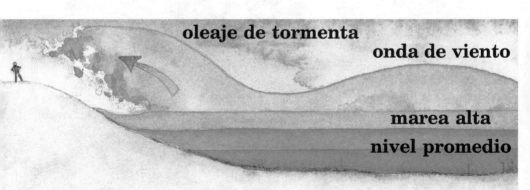

oleaje de tormenta

onda de viento

marea alta

nivel promedio

El oleaje provocado por Hugo
alcanzó 6 metros de altura.
Se llevó casas y puentes.
Los vientos soplaron a
280 kilómetros por hora.
Los automóviles
se volteaban y los botes
chocaban contra la costa.
Los árboles caían como
palillos de dientes gigantes.

En total, Hugo mató a 504 personas.
Pero millones sobrevivieron.
Algunas personas se refugiaron
en escuelas u otros edificios.
Otras habían evacuado,
o abandonado su pueblo,
horas antes de la tormenta.
Los informes transmitidos por radio
habían advertido a la población.
Los cazadores de huracanes ayudaron
a que estos informes fueran posibles.

Capítulo 3

Nace un huracán

En el océano Atlántico,
la temporada de huracanes
va de junio a noviembre.
La cacería de tormentas comienza
antes de que un huracán
se convierta en un huracán.
Las fuertes tormentas se originan
mar adentro, en forma de vientos
débiles giratorios.
A estos vientos se les llama
depresiones tropicales.

Los vientos giran lentamente
y se van extendiendo hasta abarcar
un área mayor.
Los aviones caza huracanes
se acercan de frente
a estos primeros vientos giratorios.

Miden la temperatura
de estos vientos,
por fuera y por dentro.
Cuanto más caliente
está el centro, más fuerte
es la tormenta.

Los cazadores de huracanes
toman también otras medidas.
Se acercan al ojo y lo observan.
A veces es pequeño, angosto,
y tan redondo como
el centro de una rosquilla.
Si es así, ¡cuidado!
Quiere decir que estos vientos
pueden convertirse
en una tormenta tropical.
Esto sucede una de cada diez veces.
Las otras nueve veces,
los vientos se extinguen.

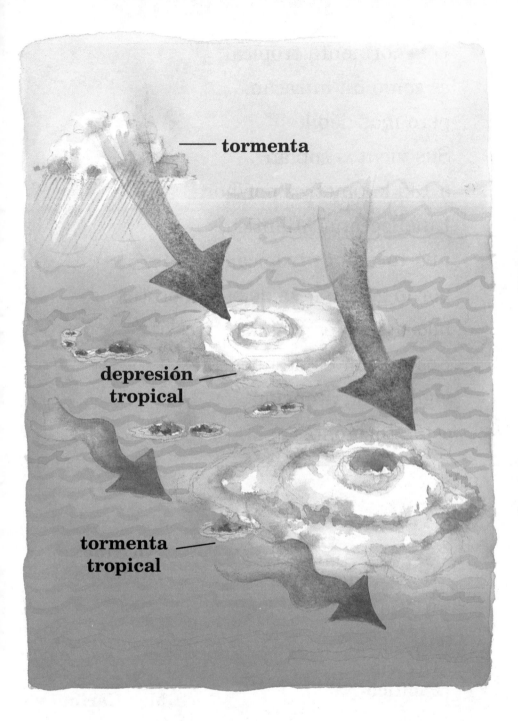

tormenta

depresión
tropical

tormenta
tropical

 vientos alisios   onda de baja
presión

29

Una tormenta tropical
es como un huracán,
pero más débil.
Sus vientos soplan
a 135 kilómetros por hora.
En el océano Atlántico,
una tormenta tropical,
por lo general, va de este a oeste,
hacia Estados Unidos.
Los cazadores de huracanes
vigilan con atención
estas tormentas.

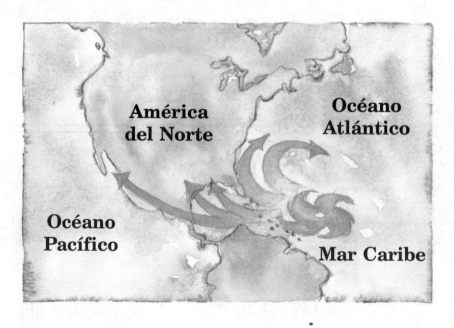

Las tormentas tropicales,
igual que los autos,
necesita combustible
para moverse.
Pero su combustible
no es gasolina,
sino el viento húmedo
y cálido que se eleva
desde el mar.
La temperatura del agua
debe estar por encima
de 27 grados centígrados.
Si la temperatura del agua
está por debajo,
la tormenta se queda
sin energía y muere.

Si está por encima
de 27 grados centígrados,
el viento gira más deprisa.

Los vientos forman un círculo
cada vez más angosto.
La tormenta se va haciendo
más fuerte.
Si los vientos llegan a alcanzar
los 140 kilómetros
por hora, nace un huracán.
El servicio meteorológico
le da un nombre,
como Alison o Barry.
Si el nombre comienza con A,
significa que es el primer huracán
de la temporada.
Si comienza con B, es el segundo,
y así sucesivamente.

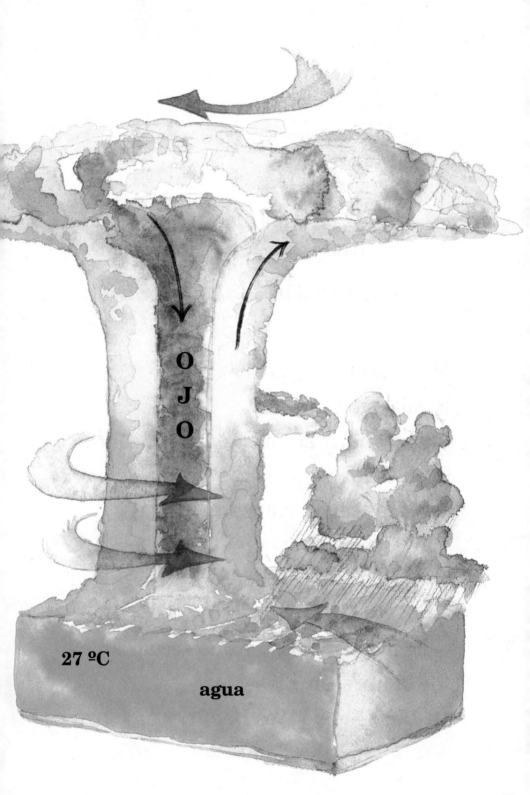

O J O

27 ºC

agua

Capítulo 4

Huracanes en zigzag

No todos los huracanes siguen
la misma ruta.
No hay una "autopista de huracanes"
en el cielo.
Los huracanes avanzan en zigzag
y a veces dan la vuelta
y van hacia el otro lado.

—El mayor impostor que recuerdo
fue el huracán Elena
en 1985—, dijo Wes Bennett.

—Se suponía que iba
a entrar en mi área,
en Biloxi, Mississippi.
Pero cambió su dirección
y se fue hacia Florida.
La gente de Biloxi creyó
que estaba fuera de peligro.
Entonces Elena dio vuelta
hacia el oeste
¡y azotó Biloxi!—.

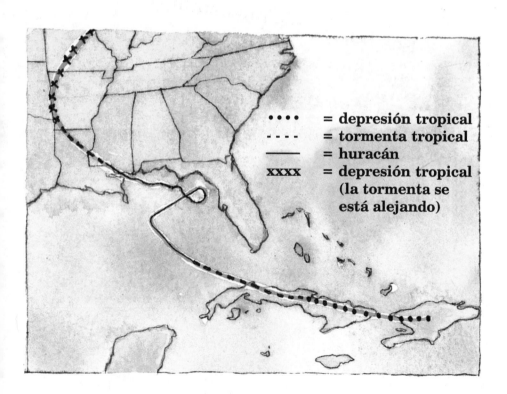

•••• = depresión tropical
- - - - = tormenta tropical
——— = huracán
xxxx = depresión tropical
(la tormenta se
está alejando)

Estos zigzags hacen
que sea difícil predecir
la trayectoria de un huracán.
Pero los expertos
tienen varias pautas a seguir:

- Los huracanes pueden durar diez días antes de quedarse sin energía, es decir, sin aire cálido y húmedo.

- Mueren rápidamente sobre un mar frío.

- Los huracanes jamás
se forman en el ecuador,
y nunca lo atraviesan.

- Los huracanes son lentos.
Viajan sobre el agua
a unos 27 kilómetros
por hora.
Una bicicleta puede viajar
a una velocidad mayor.

- Los huracanes
suelen disminuir su velocidad
cuando llegan a tierra,
sobre todo si hay montañas.

Los huracanes se desplazan
con lentitud, pero sus vientos
son muy, muy rápidos.
Imagínate una barredora de calles.
Sus cepillos giran con rapidez,
como los vientos del huracán,
aunque la barredora misma
se desplaza lentamente
sobre el pavimento.

Cada 12 a 24 horas,
los cazadores de huracanes
atraviesan esos vientos
para recoger datos.
Estos datos llegan
a las computadoras
del Centro Nacional
de Huracanes de Florida.

Los científicos del centro
observan cuidadosamente
en sus computadoras
el progreso de la tormenta.

Los científicos también
reciben datos
de otras fuentes,
como los satélites
meteorológicos.

Capítulo 5

Vista desde las alturas

Desde los años sesenta,
los satélites han observado huracanes
desde el espacio con satélites.
Pero estos no pueden proporcionar
todos los datos que se necesitan.
Por ejemplo, en 1969, un satélite
localizó el huracán Camila
en el golfo de México.
Desde el espacio, el huracán se veía
pequeño.
La gente no se preocupó mucho por él.

Los cazadores de huracanes
vieron otra cosa.
Su visión no era desde las alturas,
sino que vieron el huracán Camila
desde su interior.

Sí, Camila era un huracán pequeño.
Pero su ojo era pequeño y redondo.
No tenía agujeros ni claros
a los lados.
Esto significa que Camila tenía
una gran fuerza.
Sus vientos soplaban a más
de 300 kilómetros por hora:
¡la mayor velocidad que puede
alcanzar un huracán!

Se le advirtió a la gente
que dejara sus casas.
Pueblos enteros fueron evacuados.
Camila destruyó 75 000 casas.
Más de 250 personas murieron.
pero si no se hubieran ido,
hubieran muerto muchas más.
La lección fue que no se puede
estudiar un huracán sólo
con satélites.

Los satélites no pueden saber
la velocidad a la que gira el viento,
ni dónde está exactamente el ojo.
Sólo los cazadores de huracanes
pueden hacerlo.
Una observación más precisa
ha reducido el número de muertes
en el hemisferio occidental.
Pero los países con sistemas
de detección precarios
no tienen tanta suerte.

Bangladesh colinda
con el océano Índico, en Asia.
En 1970, un ciclón mató
allí a unas 300 000 personas.
En el océano Índico
los huracanes se llaman ciclones.
Ésa fue la tormenta
que más muertes ha causado.
En 1991, también en Bangladesh,
otro ciclón mató a unas 100 000
personas.

Un año más tarde, en 1992,
el huracán Andrew
azotó los Estados Unidos,
en las costas de Florida
y Louisiana.
Ha sido el huracán que más
dinero ha costado.

Andrew destruyó propiedades
por 10 000 millones de dólares.
Pero sólo 52 personas perecieron.
Andrew probó que los cazadores
de huracanes no pueden salvar
propiedades, pero sí pueden
salvar vidas.
Por eso los cazadores de huracanes
continúan trabajando.

—Después de doce horas de vuelo,
estoy agotado —dijo Wes Bennett.
Me voy a casa y enciendo
el televisor.
El reporte meteorológico dice:
"Un avión ha determinado
la localización del huracán".
Le indica a la gente que se ponga
a salvo y yo pienso: "¡Ése soy yo!
¡Yo lo hice! ¡Yo salvo vidas!"

Qué hacer durante un huracán

- Revisa que las linternas y los radios estén siempre en buenas condiciones.

- Siempre ten a la mano provisiones de comida enlatada, agua fresca y mantas.

- Si se acerca un huracán, mantén la calma y permanece con tu familia.

- Escucha en la radio o en el televisor las condiciones del huracán y si se ordena una evacuación.

- Si las autoridades indican que se debe evacuar la zona, tu familia debe hacerlo.